Le crapaud infernal

Des romans à lire à deux,
pour les premiers pas en lecture !

La collection Premières Lectures accompagne les enfants qui apprennent à lire. Chaque roman peut être lu à deux voix : l'enfant lit les bulles et un lecteur confirmé lit le reste de l'histoire.

Cette collection a trois niveaux :

NIVEAU 1 les bulles peuvent être lues par l'enfant qui débute en lecture.

NIVEAU 2 les bulles peuvent être lues par l'enfant qui sait lire les mots simples.

NIVEAU 3 les bulles peuvent être lues par l'enfant qui sait lire tous les mots.

Quand l'enfant sait lire seul, il peut lire les romans en entier, comme un grand !

Un concept original **+** des histoires simples **+** des sujets qui passionnent les enfants **+** des illustrations :
des romans parfaits pour débuter en lecture avec plaisir !

Cette histoire a été testée par Francine Euli, enseignante, et des enfants de CP.

L'orthographe rectifiée est appliquée dans cet ouvrage.

Loi n° 49-956 du 16 juillet 1949 sur les publications destinées à la jeunesse,
modifiée par la loi n° 2011-525 du 17 mai 2011.
ISBN : 978-2-09-258752-2 - Dépôt légal : juin 2019

NIVEAU 1

Amélie Maléfice

Le crapaud infernal

Texte d'Arnaud Alméras

Illustré par Gaëlle Duhazé

Nathan

Aujourd'hui, Siméon, le petit sorcier, joue chez Amélie Maléfice, sa meilleure amie. Tout à coup, la cloche de la grille tinte.

La grand-mère d'Amélie vient prendre le thé.

Amélie court l'embrasser, et Mamie Sorcière lui tend une drôle de boite.

Amélie ouvre la boite et s'écrie :

– Un crapaud bavard ! Ça fait un an que j'en veux un ! Ma copine Lucie en a un, il est trop rigolo ! Merci, Mamie !

Madame Maléfice les rejoint et grimace.
– Moi, je n'aime pas du tout les crapauds. J'interdis qu'il entre dans la maison ! Nous lui ferons une belle niche dans le jardin…

D'accord,
Maman.

Amélie et Siméon emmènent le crapaud dans leur cabane.

– On va bien s'amuser ! se réjouit le petit sorcier.

– À quoi on joue ? demande Amélie, très impatiente.

Mais le crapaud bavard croise les pattes
et grogne :
– Jamais de la vie ! Apportez-moi
une chaise longue. Où est la télé ?

Amélie ouvre de grands yeux.

– Dommage…, ronchonne le crapaud bavard. Bon, où est la piscine ?

Siméon hausse les épaules.

– Mais il n'y a pas de piscine…

– Mais c'est pas possible ! s'écrie le crapaud.

Siméon chuchote à son amie :

– On ne va pas beaucoup s'amuser avec lui.

– Allez me chercher de la grenadine, continue le crapaud.

Amélie et Siméon quittent la cabane en boudant.

Le crapaud les suit, incapable de se taire :

– Moi, ma maman m'a toujours trouvé très beau. En plus, je suis très intelligent, vous avez dû le remarquer ! Mais vous, vous avez l'air complètement idiots !

– C’est un cauchemar ! souffle Amélie à Siméon.

– On pourrait dire une formule pour l’éloigner un peu, propose son ami. J’en connais une qui est super…

Siméon prononce le début de la formule :
– Par la puissance d'Éole,
vole, crapaud, vole !

Le crapaud bavard se met à gonfler comme un ballon de baudruche. Puis il quitte le sol et s'élève dans les airs.

Coa ? Coa ?

Le vent, doucement, pousse le crapaud vers la maison.

L’animal est ravi :

– Comme un aigle, je domine la situation ! Admirez-moi !

Mais voilà que le vent l’entraine, par la fenêtre ouverte, dans la chambre des parents d’Amélie.

– Il faut le faire sortir de la maison avant que Maman le voie ! dit Amélie à Siméon.

Les deux petits sorciers courent jusqu'à la maison. Ils grimpent l'escalier sur la pointe des pieds…

– On n'a que des ennuis, avec lui ! dit Siméon.

Dans la chambre des parents,
les deux amis découvrent le crapaud
collé au plafond.
Amélie et Siméon montent sur le lit pour
l'attraper, mais le crapaud est trop haut.
Ravi, il répète :
– Je vole ! Je vole !

Amélie grimpe sur les épaules
de Siméon…

Soudain, patatras! Amélie se casse la figure. Elle renverse la lampe et la table de nuit!

Quelques instants plus tard, madame Maléfice surgit, intriguée par tout ce bruit.

– Qu’est-ce que vous avez fabriqué ?

Puis, levant la tête, elle pousse un cri :

– Le cracra… le crapaud bavard !
Quelle horreur !

Mamie Sorcière apparait dans son dos.

– Il est infernal, alors on voulait l'éloigner un peu… bredouille Amélie.

Mamie Sorcière annule le sortilège :
– Par les pouvoirs de Balthazar, redeviens crapaud bavard !

À ces mots, le crapaud tombe sur le lit. La maman d'Amélie fait la grimace.

– Je vais l'emmener chez moi, propose Mamie Sorcière en attrapant vite sa laisse. Il pourra nager dans la mare derrière la maison...

– D'accord, Mamie ! répond Amélie, bien soulagée.

Le crapaud bavard se met à bondir.
– Ce n’est pas trop humide ? Est-ce qu’il y a un hamac au bord de la mare ?

Amélie se tourne vers Siméon.
– Finalement, ce que je voudrais vraiment comme animal, c'est une petite chauvesouris… toute mimi !

Bravo ! Tu as lu un livre en entier !
Tu as aimé cette histoire ?

Découvre les autres aventures d'Amélie et Siméon !

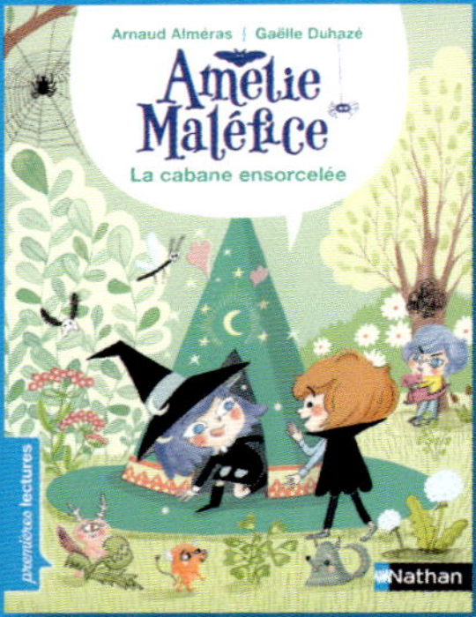

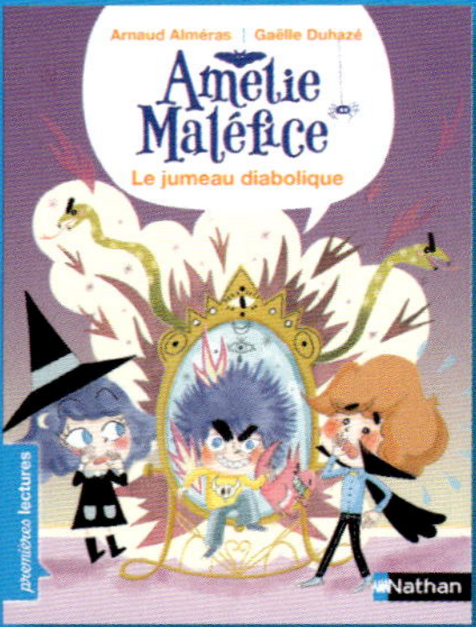

premières lectures

N° éditeur : 10269883
Achevé d'imprimer en novembre 2020 par Pollina
(85400 Luçon, Vendée, France) - 95959

IMPRIM'VERT
Votre imprimeur agit pour l'environnement

FSC
www.fsc.org
MIXTE
Papier issu de sources responsables
FSC® C022030